Für den kleinen Marc

BERNARD CLAVEL

Der singende Baum

MIT BILDERN VON JEAN-CLAUDE LUTON

URACHHAUS

Es war im Januar, an einem dieser klaren und trockenen Morgen, die den alten Bergbewohnern den Rauhreif auf die Schnauzbärte legen und ihre Augen im Sonnenlicht blitzen lassen. Die ganze Nacht über hatte es in dichten, dicken Flocken geschneit. Als aber der Tag heraufgekommen war, hatte ein heftig wehender Nordwind den Himmel blankgefegt. Hinter dem Haus ruhte in großer Frostesstille der Wald, der am Fuße des Berges begann. Zwischen den Bäumen lagen blaue Schatten. Noch bogen sich die Tannen unter der Last des Schnees, denn der Wind, der in der Morgendämmerung aufgekommen war, hatte nur geblasen, um die Wolken zu vertreiben.
Isabelle und Gerhard wohnten nahe dem Wald bei ihren Großeltern in einem kleinen Haus mit grauem Mauerwerk und grünen Fensterläden. Es lag abseits vom Dorf, das man an diesem Morgen in der Ferne am Ufer des zugefrorenen Flusses kaum erahnen konnte.
Nicht einmal mehr der Weg war zu sehen, der durch die Felder verläuft und die Wiese durchquert. Hinter dem Fenster versuchten die Kinder ihn mit dem Blick auszukundschaften. Er ließ sich sehr leicht bis zur ersten Biegung verfolgen, an welcher der vor zwei Jahren abgestorbene große Ahorn stand, den zu fällen der Großvater sich noch nicht hatte entschließen können; aber weiter hinten ging alles ineinander über.
Während Isabelle und Gerhard, die Nase an die Scheibe gepreßt, hinausschauten, sahen sie, wie ein Vogel herbeiflog, dann noch einer und schließlich ein ganzer Schwarm, der sich in der Weinlaube oben niederließ, so daß Packen von Schnee herabfielen. »Sie frieren«, sagte Isabelle. »Wir müssen ihnen Körner geben oder Brot.« Sie holte Körner herbei, und Gerhard öffnete das Fenster.
»Mach es schnell wieder zu!« rief Großvater. »Du wirst uns noch den ganzen Winter in die Küche kommen lassen.« Die Kinder begannen zu lachen. Als ob der Winter in ein Haus hereinkommen könnte!
Isabelle warf die Körner auf den Pfad, den Großvater freigekehrt hatte, damit er das Brennholz aus dem Schuppen holen konnte. Großmutter fing an zu husten, hob die gußeisernen Ringe aus der Platte und schob ein mächtiges Scheit in den Ofen.

Sobald das Fenster wieder geschlossen war, verließen zwei Vögel die Laube, um das Futter aufzupicken. Die übrigen schienen beunruhigt; da sich aber nichts weiter rührte, flogen auch sie herzu, während andere beinahe ohne Flügelschlag geradewegs vom Dach herunterstießen.
»Die Körner werden ihnen nicht reichen«, sagte Isabelle. »Es kommen immer mehr.«
»Doch, doch«, rief Großmutter. »Wenn du ihnen alles gibst, werden meine Hühner leer ausgehen.«
»Und wenn du es so weitertreibst, wirst du schließlich alle Waldvögel herlocken«, beteuerte Großvater.
Isabelle ließ es gutsein. Sie ging an das Fenster zurück, wo sie für eine Weile neben ihrem Bruder stehenblieb und über die Scheibe wischte, sobald diese beschlug und ihr die Aussicht nahm. Plötzlich packte sie Gerhard am Arm und sagte: »Guck mal, auf dem Weg!«
Gerhard blickte hoch. Dort, noch hinter dem dicken, abgestorbenen Ahornbaum, bewegte sich ein merkwürdiges Tier durch den Schnee voran. Es erinnerte sehr an den kleinen Spielhasen, den der Weihnachtsmann vor einigen Jahren Gerhard gebracht hatte. Gleich dem Spielzeug hüpfte es, schwankte von rechts nach links und hielt jeden Augenblick an. Und wie der Hase trug es ein graues Fell und hatte lange Ohren, die über der Wölbung seines Schädels zusammentrafen. Die Erscheinung war so überraschend, daß die Kinder darüber die Vögel vergaßen. Sie standen mit offenem Munde und beobachteten sprachlos das fremdartige Tier, dessen Augen mitunter Lichtblitze hervorbrachten.
Als der Hase, der ausschließlich auf seinen Hinterläufen lief, die Gartenhecke erreicht hatte, vermochten die Kinder nur noch seinen Kopf zu sehen.
»Man könnte meinen, er komme hierher«, flüsterte Gerhard. »Es ist wahr. Er geht um den Garten herum.«
Der Hase verschwand. Für eine geraume Weile folgte eine etwas beängstigende Stille. Die Kinder hielten den Atem an, spitzten die Ohren. Kurz darauf erklangen Schritte auf den Steinstufen, und die Vögel flogen so jäh auf, daß die Kinder zusammenfuhren.

»Habt ihr nichts gehört?« fragte Großvater. Die beiden Kleinen schüttelten den Kopf.
»Was mag das wohl sein?« sagte Großmutter. »Um diese Zeit ist der Briefträger doch noch weit weg.«
Die Großeltern hatten nichts gesehen, und die Kinder wagten nicht zu antworten. Immerhin konnten sie nicht sagen: »Es ist ein Spielhase, so groß wie ein Mensch. Er kommt ganz allein daher und klopft seine Sohlen am Treppenabsatz ab!« Etwas scharrte den Stein entlang, danach wurde an die Tür geklopft. Die Großeltern sahen sich an, dann blickten sie zur Tür. Als das Klopfen lauter wurde, rief Großvater schließlich: »Herein!«
Die Tür öffnete sich langsam. Zunächst fuhr ein heftiger Windstoß in die Küche. Diesmal aber brachte – ein Hase in seinem grauen Fell den Winter herein. Denn er war es, der dort auf der Schwelle stand, ganz überrascht von der Wärme und dem Geruch des Holzfeuers, auf dem die Pastete aus wirklichen Hasen köchelte.
Großmutter beeilte sich, die Tür wieder zu schließen. Und nun begann der Hase zu sprechen: »Guten Tag miteinander«, sagte er. »Ich komme sehr früh, ich muß mich entschuldigen, aber…«
Das graue Fell schob sich in Höhe des Gesichts etwas auseinander, eine dicke Brille erschien, dann eine Nase, die ganz gerötet war, danach ein Schnurrbart wie ein Borstwisch und endlich das ganze Gesicht, von einem weißen Bart gleich dem des Großvaters umrandet!
»Aber das ist ja Vinzenz!« rief Großvater aus. »Vinzenz ist es!«
Wahrhaftig! Es war wirklich Vinzenz. Und erst als er seine Mütze mit den hochgeschlagenen Ohrenklappen abgenommen hatte und aus seinem Pelzmantel, dessen Kragen bis zu den Augen hinaufreichte, herausgeschlüpft war, hatten die Kinder die Gewißheit, daß der Hase ein Mensch war. Sie hatten ihn niemals zuvor gesehen, aber der Großvater hatte oft von diesem alten Freund gesprochen.
Der alte Vinzenz wischte die Brillengläser ab, und nicht weniger wischte er sich die Tränen aus den Augen. Dabei wiederholte er mehrfach: »Ich sehe euch kaum. Wärme nach einer solchen Kälte läßt mich immer weinen, und meine Gläser sind auch beschlagen.«

Er sah nichts, aber er konnte sprechen und zuhören. Bald saß er in der Ecke neben dem Feuer an Großvaters Seite und erzählte Geschichten aus seiner Jugend. Großvater erzählte auch welche. Sie redeten gleichzeitig, niemand hörte ihnen zu, aber sie schienen beide glücklich zu sein.

Die Kinder hatten wieder ihren Platz am Fenster eingenommen. Obwohl alle Körner verschwunden waren, suchten einige Vögel noch beharrlich weiter. Mit einmal glitt ein Schatten über den Schnee, ein großer schwarzer Vogel schwebte herab und ließ sich auf dem abgestorbenen Baum nieder. Gerhard drehte sich um. »Großvater, auf dem toten Baum sitzt ein Adler. Komm schnell! Komm schnell, und sieh ihn dir an, Großvater!«

Großvater rührte sich nicht, Vinzenz hingegen stand auf und ging zu den Kindern hinüber. Auf seiner Nase hatte er die Brille, deren runde Gläser schließlich doch noch klar geworden waren. Er meinte: »Das ist kein Adler, sondern ein Rabe. Und der Baum ist ein Ahorn, aber tot ist er nicht.«

Großvater rief aus seinem Sessel heraus: »Er ist seit zwei Jahren tot. Sobald ich kann, werde ich ihn fällen.«

»Ich sage dir, er ist nicht tot«, beharrte Vinzenz. »Bäume sterben nicht...«

»Erzähle mir nicht derlei Geschichten«, sagte Großvater verwundert. »Ich versichere dir, er hat schon den zweiten Frühling nicht mehr ausgeschlagen. Er ist abgestorben, sage ich dir, und gut fürs Feuer.«

Vinzenz betrachtete sie alle, und doch konnte man meinen, daß er nicht sie, sondern etwas ganz anderes sah, das sehr weit in der Ferne lag, noch weiter als das Ende der Ebene.

»Ich wiederhole euch, daß die Bäume niemals sterben«, sagte er... »Und ich werde euch das beweisen und euren alten Ahorn zum Singen bringen.«

Großvater schien Bedenken zu haben, aber er schwieg. Vinzenz war sein Freund, zweifellos wollte er ihn nicht verstimmen. Die Kinder sahen sich an. Hatten sie recht verstanden?

Vinzenz war unterdessen in den Sessel zurückgekehrt und hatte den Faden seiner Geschichten wieder aufgenommen. Und er sollte mit ihnen noch zu Mittag essen und sogar bis zum Einbruch der Nacht bleiben.

Als er wegging, begleitete ihn Großvater bis zum Ahornbaum. Sie liefen beide um den mächtigen Stamm herum, als spielten sie Versteck; ganz klein schauten sie aus in der Dämmerung, die alles in die Ferne rückte und die Landschaft in eine Glückwunschkarte für ein gutes Neues Jahr verwandelte.

Als Großvater wieder hereinkam, bedrängten ihn die Kinder: »Was hat er denn gesagt?«

»Vinzenz versichert, daß der Ahorn nicht abgestorben sei. Er hat mir auf jeden Fall versprochen, ihn zum Singen zu bringen.«

»Aber wie denn, Großvater? Wie wird er das anstellen?«

»Das ist sein Geheimnis. Ihr werdet schon sehen. Mehr kann ich euch nicht sagen, denn er hat mir nichts verraten. Ihr müßt abwarten.« Wieviel die Kinder auch fragten, Großvater schwieg.

Unterdessen ging die Zeit ins Land. Die Schneeschmelze setzte ein, und die Frühlingsschauer wuschen von den Berghängen die letzten Spuren des Winters herunter. Die Kinder hatten den alten Vinzenz vergessen.

Eines späten Nachmittags aber, als sie von der Schule heimkehrten, bemerkten sie, daß in der Landschaft etwas fehlte, nämlich der große Ahorn. Dort, wo er gestanden hatte, gab es nur noch einen breiten Stumpf, ein paar Zweiglein, ein paar Rindenstücke und Sägemehl, das an einen von der Sonne vergessenen kleinen Schneehaufen erinnerte.

»Vielleicht ist es Großvater gewesen, der den Baum gefällt hat«, sagte Gerhard. »Er hätte es nicht tun dürfen. Herr Vinzenz hatte versprochen, daß er ihn zum Singen bringe.«

»Glaubst du daran?« fragte Isabelle.

»Ja, weil es Herr Vinzenz ist, der es versprochen hat.«

»Aber Großmutter behauptet, daß ein Baum, wenn er erst einmal abgestorben ist, auch nicht mehr singen kann, es sei denn im Feuer.«

»Man darf ihn nicht verbrennen!« rief der Junge. »Komm! Schnell, schnell!«

Sie rannten los, dem Hause zu, warfen dort ihre Ranzen am Treppenaufgang ab und sausten zum Holzschuppen, einer kleinen Bretterhütte, die Großvater im hinteren Teil des Gartens erstellt hatte.
Die Tür war weit geöffnet, und davor stand ein zweirädriger Karren. Die Kinder rannten, was sie konnten, so daß sie atemlos und mit geröteten Gesichtern anlangten. Großvater und Vinzenz traten aus dem Schuppen heraus. Ein Stück des Ahornstammes lag noch auf dem Karren. Mit einem Schimmer des Vorwurfs in ihren hellen Augen sahen die Kinder Vinzenz an, aber der Alte lächelte unter seinem Schnauzbart. Er trat an den Karren und begann zärtlich über den Ahornstamm zu streichen, wie er es bei einem Hund nicht anders getan hätte.
Vinzenz hatte kräftige Hände mit langen, dicken Fingern und nach oben gebogenen Nägeln, was drollig aussah. Wenn Vinzenz über das Holz strich, meinte man, er führe mit Schmirgelpapier darüber, so rauh waren seine Handflächen. Begrüßte er einen, dann war es gerade so, als ob er Handschuhe aus Eisen trüge, wie sie die Ritter im Mittelalter angezogen hatten.
Er strich also sanft über das Holz, zwinkerte mit den Augen und sagte: »Macht euch keine Sorgen, er wird singen. Ich habe es euch versprochen, und ich halte mein Versprechen immer.«
»Im Ofen wird er singen«, spottete Großvater, »wie das alle Bäume tun, die sterben. Ihn auf diese Weise zum Singen zu bringen, ist leicht.«
Großvater mußte immer einen Scherz machen. Dennoch blickte Vinzenz betroffen drein.
»Sei doch still«, rief er. »Du verstehst davon nichts. Ich sage dir, daß er weitaus besser singen wird, als wenn er noch mit seinen Wurzeln im Erdboden und der Krone im Sonnenlicht lebte; besser als in jenen Tagen, in denen er voller Vögel saß und der Wind ihn bewohnte.«
Die Kinder hörten der seltsamen Rede zu. Da sie unsicher zu sein schienen, legte Vinzenz um jedes von ihnen den Arm und drückte sie fest mit seinen großen, harten Händen. Er drückte sehr fest, so daß es beinahe wehtat, aber diese Kraft, die in ihm war, hatte etwas Beruhigendes. Dann drehte er sich zum Karren um und fuhr fort, den

starken Stamm zu befühlen, der auf den Planken lag. Er beugte sich hinunter, klopfte ihn mit dem Finger ab, horchte, richtete sich wieder auf und schüttelte den Kopf, wie es der Doktor tut, wenn man im Bett steckt und hohes Fieber hat. Aber Vinzenz schien keineswegs beunruhigt zu sein. Er forschte seinen Baum noch weiter aus, wobei er hier und da bloß äußerte: »Gut... sehr gut... Er ist gesund... Er wird singen... Es wird sein, wie ich es euch gesagt habe: Als er die Arme noch voller Vögel hatte, sang er nicht besser, als er es tun wird.«

Am nächsten Morgen war alles verschwunden. Nur einige Zweige und ein ansehnlicher Haufen Sägemehl waren im Schuppen übriggeblieben. Die Kinder machten sich auf die Suche. Endlich fanden sie den Ahorn auf dem Dachboden. Aber diesmal wurden sie sehr enttäuscht, denn der Baum war ganz und gar in dicke Platten aufgeschnitten und nicht mehr wiederzuerkennen. Jetzt sah er wirklich tot aus.
»Herr Vinzenz hat sich über uns lustig gemacht«, sagte Isabelle. »Er wird diesen Baum niemals singen lassen. Kann denn überhaupt jemand einen toten Baum singen lassen? Er müßte ja ein Zauberer sein. Und der Vinzenz ist kein Zauberer.«
»Weißt du das?«
Isabelle sah ihren Bruder erschrocken an. »Glaubst du, daß er ein Zauberer ist?« flüsterte sie.
Gerhard antwortete seinerseits mit bedeutender Miene: »Das ist nicht unmöglich. Ich meine, etwas zu wissen...«
Tatsächlich aber gab er nur an, um als Mitverschworener und schlauer als seine Schwester zu erscheinen, denn er wußte nicht mehr als ihr und ich über den alten Vinzenz.
Doch der Frühling war voller Leben, und die Kinder vergaßen sehr schnell den alten Baum. Bevor die Säfte in den Pflanzen stiegen, war Großvater in den Wald gegangen und hatte von dort zwei Ahornbäumchen mitgebracht, die er am Wegrand zu beiden Seiten des alten Stumpfes pflanzte. Mittlerweile trugen die Bäumchen

schon Blätter und begannen nun ihrerseits in dem Wind zu singen, der vom fernen Horizont kam und dicke weiße Wolken über den blauen Himmel trieb.

So verging der ganze Frühling. Dann, an einem Julitag, zog Großvater den Karren aus dem Holzschuppen und holte vom Dachboden die dicksten Ahornbretter herunter.
»Jetzt«, sagte er, »machen wir uns auf den Weg zur Werkstatt von Vinzenz.«
Isabelle kletterte auf den Karren, Großvater nahm die Deichsel und begann zu ziehen, und Gerhard schob hinten. Sie liefen länger als eine Stunde, bis sie das Dorf erreichten – eine Stunde in praller Sonne.
Vinzenz wohnte ganz am Ende des Dorfes in einem kleinen Haus, von dessen Fenstern aus man den Fluß dahinströmen sah. Sobald er die eisenbebänderten Räder auf dem Kies im Hof knirschen hörte, erschien Vinzenz auf der Türschwelle. Er hob seine Arme in lustiger Gebärde und rief: »Donnerwetter! Das ist ja gewichtige Kundschaft. Ich habe die ganze Zeit auf sie gewartet!«
Er trug ein helles Hemd und eine blaue Leinenschürze, die bis auf seine Füße hinunterfiel. Die hochgeschlagenen Ärmel ließen seine mageren Unterarme sehen, so daß seine Hände größer erschienen als sonst.
Er half Großvater, die Bretter in einen langen, ein wenig dunklen Raum hinunterzutragen, wohin die Kinder nicht zu folgen wagten. Ein fremder Geruch schlug ihnen entgegen. Sie blieben wie angewurzelt stehen und hielten sich an den Händen.
Aber Vinzenz ließ sie in einen anderen, helleren Raum eintreten. An der Decke spielte das vom Fluß zurückgeworfene Sonnenlicht in zitternden Wellen.
»Ihr werdet mir erlauben, daß ich noch zu Ende bringe, was ich begonnen habe«, sagte Vinzenz.
Großvater stimmte zu, und der gutmütige Alte machte sich wieder an die Arbeit. Seine riesigen Hände, die so ungeschickt aussahen, vermochten die dünnsten und zerbrechlichsten Gegenstände zu bearbeiten. Vinzenz erklär-

te, er glätte gerade das Räderwerk eines Schlosses von einem Geheimkästchen. Er machte alles aus Holz, selbst die Schlösser und die Scharniere. Für ihn war Metall ein Diener des Holzes.
»Das Holz«, sagte er, »ist ein edles Material. Lebendig. Immer lebendig. Das Metall ist gut, um die Werkzeuge herzustellen, die uns das Holz zu bearbeiten erlauben. Aber das Holz... das Holz...«
Als er diese Worte aussprach, veränderte sich der Ausdruck seiner Augen. Vinzenz war nicht ein Mensch wie jeder andere: Er war in das Holz verliebt.
Er sprach wahrhaftig von ihm wie von einem lebendigen Wesen, wie von einem Familienangehörigen, mit dem er jahraus jahrein zusammenlebte. Mit dem Holz vermochte er alles zu verwirklichen, kleinste Kästchen mit eingelegtem Elfenbein und schwierige Intarsienarbeiten oder kleine Tische, deren Beine so zierlich waren, daß die Kinder den Atem anhielten aus Angst, sie umzuwerfen.
Die Wände seiner Werkstatt waren mit allerlei Gerätschaften ausgestattet, die in den Regalen lagen oder an Hakenleisten aufgehängt waren. Da gab es Hobel in allen Größen und Formen, Sägen, Hohleisen, Stechbeitel, Schlichthobel, Kästchen mit Schnitzmessern, Zirkel und viele andere Instrumente, deren Namen die Kinder zum erstenmal hörten. Außerdem gab es Leimtöpfe, Flaschen mit Lack, Wachsblöcke und Holz wohin man sah, Holz aller Art, in jeder Form und in jeder Farbe.
Als Isabelle, die sehr neugierig war, auf eine kleine Tür zuging und schon die Hand auf die Klinke legte, eilte Vinzenz herbei.
»Nein, nicht!« rief er. »Geh da nicht hinein. In diesem Zimmer befindet sich nämlich mein Geheimnis.«
Isabelle dachte zuerst an die Kammer vom Ritter Blaubart, aber dann begann sie zu lachen. Sie glaubte schon lange nicht mehr an all das.
»Es ist mein Geheimnis«, wiederholte Vinzenz. »Du wirst es erfahren, wenn du einmal deinen Baum wirst singen hören.«

Der Sommer mit den Ferien, den wunderbaren Ausflügen ins Land und in die Wälder verging viel zu schnell. Die beiden Bäume, die Großvater gepflanzt hatte, wuchsen tüchtig. Schon ließen sich die Vögel in ihnen nieder. Als die Schule wieder begann, färbten sich die Ahornblättchen gelb, und die heftigen Herbstwinde trugen sie davon. Die beiden kleinen Bäume sahen wie leblos aus, aber Gerhard und Isabelle wußten, daß sie gerade erst für die Winterzeit eingeschlafen waren. Nun gab es so viele Dinge zu lernen und stets schwere Aufgaben zu bewältigen, daß die beiden Kinder den großen Ahornbaum und das Versprechen vom alten Vinzenz vergessen hatten.

An einem Donnerstagmorgen, wenige Tage vor Weihnachten bemerkten die Kinder schon beim Erwachen, daß es geschneit hatte. Um das Haus herum herrschte eine große Stille; das Licht, das durch die Ritzen der Fensterläden drang, war weißer als an den anderen Morgen. Obwohl es kalt war, sprangen sie schnell aus den Betten.
»Die Vögel!« sagte Isabelle. »Wir müssen an die Vögel denken.« Sie öffnete das Fenster, um Körner hinauszuwerfen, als sie entdeckte, daß auf dem ganz weißen Pfad zögernden Schrittes der Spielhase daherkam.
»Vinzenz!« rief sie. »Da kommt Herr Vinzenz!«
Er war es wirklich, bekleidet mit dem grauen Pelz und der Mütze mit den Ohrenklappen. Doch unter seinem Arm trug er ein langes Paket, das in braunes Papier eingeschlagen war. Der alte Mann näherte sich langsam, er suchte die Schneewehen zu vermeiden und fand nur mit Mühe heraus, wo der Weg entlangführte. Er ging bei den beiden kleinen Ahornbäumen, die sich kaum von ihrer Umgebung abhoben, vorbei, dann tanzte seine Mütze einen Augenblick über der Hecke und verschwand.
»Er ist es«, wiederholten die Kinder. »Ja, er ist es!«
Sie wußten nicht, was Vinzenz mitbrachte, aber ihr Herz hatte heftig zu schlagen begonnen. Als der Alte die Sohlen an der Steinschwelle abklopfte, rannte Gerhard zur Tür, um zu öffnen. Ein Wirbel kleinster weißer Flocken trieb mit Vinzenz ins Zimmer. Das Feuer prasselte lauter, danach war Stille. Alle vier standen da und betrachte-

ten den alten Vinzenz mit seinem fest verschnürten Paket. Vinzenz stellte das Paket auf den Tisch, nahm seine Brille ab, wischte sie gründlich blank, putzte sich die Nase, setzte die Brille wieder auf und ging an das Feuer, wobei er seine großen Hände rieb, was sich anhörte wie das schabende Geräusch eines Reibeisens. »Hier drin ist es besser als draußen«, sagte er.

Die Kinder hatten keine Geduld mehr. Sie betrachteten ein jedes das Paket von der anderen Seite des Tisches aus, ohne daß sie gewagt hätten, es anzurühren. Der Alte schien daran Gefallen zu finden, ihre Erwartung noch zu steigern. Er beobachtete sie aus den Augenwinkeln, richtete sich aber mit einem vielsagenden Lächeln an die Großeltern. Schließlich wandte er sich ihnen zu: »Also, worauf wartet ihr noch, um es zu öffnen? An mir ist es ja wohl nicht, das Paket aufzuschnüren.«

Vier kleine Hände flogen zugleich hoch. Es gab viele Knoten, und sie waren fest angezogen.

»Leih' uns deine Schere, Großmutter...«

»Nein«, sagte Vinzenz. »Man muß lernen, Geduld zu haben und sparsam zu sein. Macht die Knoten selbst auf, und beschädigt mir nichts, ich will meinen Faden und mein Papier wieder mitnehmen.«

Sie mußten sich noch weiter gedulden, sich ein bißchen an den Nägeln wehtun, sich ein bißchen plagen. Vinzenz schmunzelte. Die Großeltern, die nicht weniger gespannt waren als die Kinder, verfolgten jeden der Handgriffe. Schließlich war das Papier entfernt, und ein langer Kasten aus rötlich glänzendem Holz erschien, der an einem Ende breiter war als am anderen. Bedächtig näherte sich Vinzenz und öffnete ihn.

Im Inneren, auf einem grünen Samtgrund, ruhte eine Geige.

»Da«, sagte der alte Mann schlicht. »Schwieriger war es nicht. Abgesehen von den Saiten, dem Samt und den Roßhaaren für den Bogen fand sich alles im Herzen eures Baumes.«

»Mein Gott«, rief Großmutter und hatte vor Bewunderung ihre Hände gefaltet, »mein Gott, ist sie schön!«

»Also so was... so was...«, stammelte Großvater. »Ich wußte, daß du sehr geschickt bist, und dennoch...«

Der alte Handwerker lächelte. Er strich mehrmals über seinen Schnauzbart, bevor er sagte: »Jetzt versteht ihr, warum ich euch nicht in meine Trockenkammer eintreten lassen wollte. Ihr hättet Geigen gesehen, Gitarren, Mandolinen und viele andere Instrumente. Und ihr hättet alles erraten. Nun ja, ich bin ein Geigenbauer. Ich mache Violinen... und Ahorn, wißt ihr, ist das Holz, das am besten singt.« Er streckte seine mächtige Hand vorsichtig aus, um das Instrument zu streicheln. Dann zog er sie zitternd zurück.
»Nun«, wandte er sich an Gerhard, »willst du nicht zu spielen versuchen? Willst du nicht deinen Baum singen lassen? Komm, du kannst ihn ruhig nehmen, er wird dich nicht beißen.«
Der Junge hob die Geige aus ihrem Kasten, er legte sie an, wie er es bei den Musikern gesehen hatte. Dann setzte er den Bogen auf die Saiten, aber er vermochte ihnen nur einen jämmerlichen Kratzton zu entlocken. Großmutter hielt sich die Ohren zu, während die Katze, die mit einem Satz aus dem Schlaf hochgefahren war, unter der Anrichte verschwand. Alle begannen zu lachen.
»Hör mal«, sagte Großvater, »das nennst du singen!«
»Er muß es noch lernen«, meinte Vinzenz, nahm die Geige und legte sie unter sein Kinn.
Und der alte Geigenbauer begann mit seinen gewaltigen Händen zu spielen. Er spielte, indem er langsam durch das Zimmer zum Fenster schritt. Die Kinder standen wie gebannt und horchten.
Es war eine sehr sanfte, süße Musik. Sie schien eine Geschichte zu erzählen, die gleich den alten Legenden aus fernen Zeiten aufsteigt und fern vom Horizont herkommt wie die Vögel mit dem Winde.
Vinzenz spielte, und in seiner Geige sang des alten Baumes Seele.

Übersetzung aus dem Französischen von Inge Thöns.
Titel der französischen Originalausgabe »L'arbre qui chante«.
ISBN 3 87838 2596
2. Auflage 1981

Satz und Druck der Offizin Chr. Scheufele, Stuttgart.